AF293960

Analyse de l'œuvre

Par Antoine Baudot et Kelly Carrein

La Planète des singes

de Pierre Boulle

Rendez-vous sur lepetitlitteraire.fr et découvrez :

Plus de 1200 analyses
Claires et synthétiques
Téléchargeables en 30 secondes
À imprimer chez soi

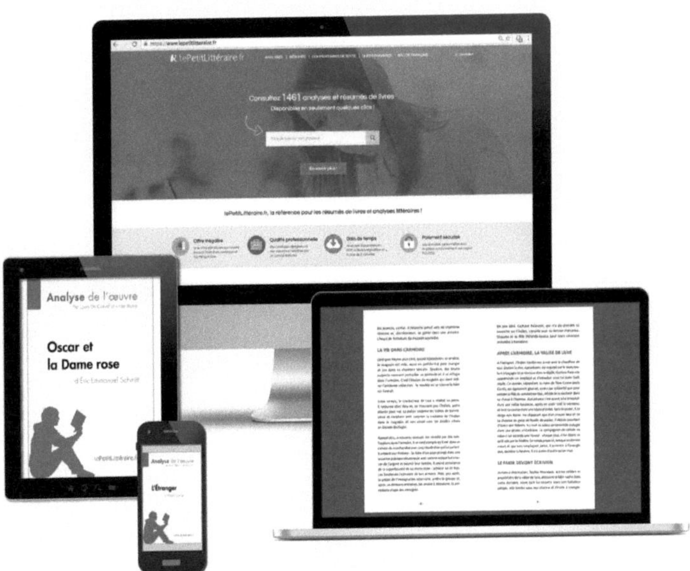

PIERRE BOULLE 9

LA PLANÈTE DES SINGES 13

RÉSUMÉ 17

L'exploration de la
planète des singes

En captivité

Révélations

Retour sur Terre

ÉTUDE DES PERSONNAGES 29

Les humains

Les grands singes

CLÉS DE LECTURE 37

Schéma narratif

Les procédés narratifs

Sciences et science-fiction

Critique de la société

PISTES DE RÉFLEXION 55

POUR ALLER PLUS LOIN 59

PIERRE BOULLE

LA SCIENCE AU SERVICE DE LA LITTÉRATURE

- **Né en 1912 à Avignon (Vaucluse)**
- **Décédé en 1994 à Paris**
- **Quelques-unes de ses œuvres :**
  - *Le Pont de la rivière Kwaï* (1952), roman
  - *Contes de l'absurde* (1953), recueil de contes
  - *La Baleine des Malouines* (1983), roman

Ingénieur de formation, Pierre Boulle est un auteur prolifique et un ancien militaire médaillé. Durant la Seconde Guerre mondiale (1939-1945), il est mobilisé en Indochine. Engagé dans les services secrets anglais, il finit par être capturé par les Japonais et condamné aux travaux forcés. À la fin de la guerre, il retourne à Paris, mais le quotidien insipide l'angoisse. Il décide alors de se consacrer entièrement à la littérature.

Il écrit son premier roman, *William Conrad*, en 1950 en s'inspirant d'auteurs tels que Rudyard Kipling (écrivain anglais, 1865-1936) ou Joseph

Conrad (écrivain anglais d'origine polonaise, 1857-1924). C'est avec *Le Pont de la rivière Kwaï*, un roman d'aventures d'inspiration autobiographique, qu'il connait le succès. Mais son chef-d'œuvre est sans conteste *La Planète des singes* (1963).

Pierre Boulle est doté d'un vif esprit critique, d'une soif de liberté, d'un sens aigu de l'observation et de l'anticipation. Il signe une trentaine de romans, de nombreuses nouvelles, mais aussi quelques essais, ainsi qu'une pièce de théâtre adaptée de son premier roman.

LA PLANÈTE DES SINGES

UN CHEF-D'ŒUVRE DE LA SCIENCE-FICTION FRANÇAISE

- **Genre :** science-fiction
- **Édition de référence :** *La Planète des singes*, Paris, Pocket, 2014, 191 p.
- **1re édition :** 1963
- **Thématiques :** singes, humanité, voyage spatial, dominance, évolution, science

La Planète des singes raconte l'histoire d'Ulysse et de ses compagnons qui découvrent une planète semblable à la Terre sur laquelle les singes ont évolué au point de dominer les hommes. Le roman est écrit dans un contexte mondial particulier auquel il emprunte différents thèmes :

- la recherche spatiale passionne à cette époque, et Iouri Gagarine (pilote militaire et cosmonaute soviétique, 1934-1968) vient tout juste d'être envoyé dans l'espace (1961) ;
- la guerre du Vietnam bat son plein (1954-1975), le roman la critique indirectement ;

- le combat pour les droits civiques contre la sé-grégation raciale est au centre de l'attention, thème que l'on retrouve également dans le roman.

Ce livre a fait l'objet de huit adaptations au cinéma, de deux séries télévisées et de plusieurs bandes dessinées.

RÉSUMÉ

Dans le système solaire de Bételgeuse, sur la lointaine planète Soror, vivent des hommes et des femmes en tous points similaires aux terriens. À force d'imitations et d'observations, leurs singes domestiqués, qui ont fait l'objet de nombreuses expérimentations scientifiques, commencent à communiquer les uns avec les autres et à comploter la nuit dans leurs cages pour prendre le pouvoir.

Chimpanzés, gorilles et orangs-outans s'organisent pour finalement réduire en esclavage l'espèce humaine. Ces hommes et femmes, déjà affaiblis par une longue période de paresse intellectuelle, sont relégués progressivement au rang d'animaux sauvages. Les hommes prennent la place de leurs anciens sujets d'expérimentation et se mettent à les redouter comme ceux-ci les craignaient auparavant.

Des milliers d'années plus tard, en 2500, un couple de touristes de l'espace repêche une bouteille dans le cosmos contenant le récit d'Ulysse

Mérou. Le narrateur est un journaliste terrien qui a embarqué à bord d'une expédition spatiale scientifique à destination de l'étoile Bételgeuse. Ce message raconte l'expédition d'Ulysse, du professeur Antelle et du jeune assistant Levain, au cours de laquelle ils ont découvert la planète des singes.

L'EXPLORATION DE LA PLANÈTE DES SINGES

Après un voyage spatiotemporel de deux années (selon les lois de la relativité, deux années pour eux équivalent à 350 ans sur la Terre), le groupe, accompagné de leur petit singe Hector, pose le pied sur Soror, planète qu'ils nomment ainsi à cause de sa ressemblance avec la Terre.

Ils découvrent avec étonnement que l'atmosphère est semblable à celle connue sur Terre, qu'on y trouve de l'eau, de la végétation luxuriante et même des maisons et des véhicules.

Les êtres humains présents sur cette planète les intriguent d'autant plus qu'ils se comportent comme des animaux. Ils ne sont dotés d'aucune intelligence et ne semblent pas avoir de conscience. La première humaine qui les approche est une jeune fille qu'ils baptisent Nova. Ulysse tombe immédiatement sous son charme sauvage. Celle-ci, qui a le regard vide, peine à faire confiance aux humains. Ils jouent ensemble dans l'eau jusqu'à ce qu'Hector les rejoigne. Nova l'étrangle alors sous le regard stupéfié des humains et prend la fuite.

Le lendemain, Nova revient en compagnie d'une vingtaine d'individus, qui jouent dans l'eau avec les explorateurs sans faire preuve d'animosité. Cependant, lorsque les terriens éclatent de rire, les habitants de Soror deviennent furieux. Ils les poursuivent jusqu'à les débarrasser de leurs vêtements, ce qui semble les apaiser.

S'ensuit une série d'observations sur le comportement étrange de ces humains : premièrement, aucun de ces hommes, femmes et enfants ne parle ou ne sourit. Aux yeux d'Ulysse, ils semblent dénués d'âme. Ensuite, la réaction la plus étrange est la violence dont ils font preuve à la simple vue de vêtements ou de tout autre signe ou objet rappelant le monde civilisé.

Le lendemain, les voyageurs sont confrontés à

la brutalité et à la sauvagerie de la planète. Des coups de feu se font entendre de bon matin, ce qui provoque la panique chez les humains de Soror et chez les explorateurs. Ulysse aperçoit un gorille vêtu d'un costume qui rappelle ceux des terriens. Celui-ci, armé d'un fusil, tire sur les humains.

Dans le tumulte, Levain est tué, le professeur Antelle disparait et Ulysse est capturé. Ce dernier découvre avec stupéfaction une société de singes évolués, semblables à l'homme dans leurs gestes, leurs mimiques, leurs vêtements et leurs technologies. Il s'agit bien de singes qui agissent et évoluent naturellement comme des hommes modernes et non pas d'un déguisement.

EN CAPTIVITÉ

Ulysse est enfermé dans un institut scientifique avec d'autres humains, chacun possédant d'abord sa propre cage. Des gardes gorilles les nourrissent, lui et d'autres prisonniers. Des singes scientifiques l'observent et le font participer à des expériences comportementales, notamment sur les réflexes conditionnés, similaires en tous points à celles que les hommes faisaient endurer aux singes de laboratoire. Finalement, lorsqu'il est transféré dans la même cage que Nova, Ulysse comprend que le but des recherches menées concerne la reproduction sexuelle.

Au cours de sa captivité, Ulysse désire ardemment entrer en contact avec les singes et leur montrer qu'il est supérieur aux humains de Soror. Il fournit alors des efforts considérables pour prouver son intelligence, son humanité, son langage et ses capacités de raisonnement.

Il attire bien vite l'attention de Zira, un chimpanzé femelle, et de Zaïus, l'orang-outan responsable de l'institut. Ayant l'esprit fermé, celui-ci ne perçoit en Ulysse qu'un humain savant, imitant le comportement des singes évolués ; en revanche, Zira décèle rapidement le caractère unique d'Ulysse en comparaison à tous les humains qu'elle a pu côtoyer jusqu'ici en laboratoire.

Le temps passe et la communication entre ces deux derniers s'améliore nettement : il apprend la langue des singes, et elle étudie le français. En lui prouvant ses connaissances scientifiques, notamment grâce à des dessins géométriques, Ulysse explique à Zira qu'il est un terrien.

Celle-ci est enthousiasmée par cette découverte surprenante.

RÉVÉLATIONS

Après trois mois d'internement, Zira – néanmoins hésitante – permet à Ulysse de sortir de l'institut pour une promenade en laisse dans la ville, ceci afin de ne pas choquer les habitants, réticents à l'idée de voir un humain en liberté.

Ils se rendent au parc où elle le présente à son fiancé Cornélius, également scientifique. Celui-ci accepte d'aider Ulysse à se présenter à un congrès où il pourra révéler au grand jour la vérité à son sujet.

Ulysse prépare son exposé en emmagasinant un maximum d'informations sur la vie des singes, sur le fonctionnement de leur société (divisée en castes) et sur le langage parlé. Les gorilles remplissent les fonctions les plus inférieures, et notamment le rôle de chasseurs des humains ; les orangs-outans, quant à eux, sont considérés comme les maitres de la connaissance pure ; enfin, les chimpanzés semblent détenir l'esprit critique et la volonté de poursuivre les recherches scientifiques. Ces dernières se concentrent principalement sur l'étude du singe, en utilisant l'humain pour réaliser des expériences biologiques.

Ulysse vit désormais chez Zira et Cornélius. Lors d'une visite au jardin zoologique, il aperçoit avec tristesse le professeur Antelle déshumanisé, méconnaissable. Le grand savant réputé est désormais un sauvage amnésique complètement vidé de toute forme d'intelligence.

Le programme du congrès consiste à démontrer les progrès des études sur les hommes, en les livrant à des tests basiques d'intelligence. Ulysse prend la parole et explique à l'assistance que sur Terre, ce sont les hommes qui sont évolués et les singes qui sont restés à l'état sauvage. Il leur propose également une alliance entre leurs races. Suite à ce discours, le grand Conseil de Soror décide de le libérer.

À présent, Ulysse occupe un appartement confortable, et est autorisé à se promener librement dans la cité. Zaïus a été limogé, et Cornélius promu à sa place. Ulysse étudie désormais les humains et constate avec satisfaction que Nova est de loin la plus intelligente d'entre tous.

Un jour, Cornélius invite Ulysse à le rejoindre sur un site de fouilles archéologiques où des ruines ont été découvertes. Celles-ci, vieilles de 10 000 ans, apportent la preuve de la présence d'humains évolués : une poupée d'apparence humaine qui parle se trouve notamment sur les lieux. Cornélius sait maintenant que les hommes ont dominé la planète avant les singes, exactement comme Ulysse en était persuadé. Il se rend compte que les singes ont imité leurs anciens maitres sans jamais être capables d'innover, mais reste toutefois persuadé qu'un jour les singes surpasseront les hommes. Ces réflexions intenses mettent Ulysse à mal et le clouent au lit pendant un mois.

Après sa convalescence, on lui apprend que Nova est enceinte de six mois. Zira avait été dans l'obligation de la cacher, car si le Conseil avait appris cette grossesse, elle et Cornélius auraient été renvoyés, et Ulysse aurait perdu son traitement de faveur.

Hélius, un collaborateur de Cornélius, mène des recherches encéphaliques au cours desquelles il réussit à stimuler des zones du cerveau humain. Il neutralise, par exemple, la sensation de faim chez un sujet ou impute à un autre la notion de reconnaissance des formes et des distances. Si la plupart de ses sujets ont vu leurs comportements primaires modifiés suite à ces trépanations, un couple mérite une attention plus particulière : Hélius est parvenu à réactiver en eux une partie du cerveau leur permettant de parler et de se souvenir.

Ces humains « réactivés » ne disposent pas uniquement de leur mémoire individuelle, mais de la mémoire de l'espèce, c'est-à-dire qu'ils se souviennent d'évènements datant de plusieurs milliers d'années. Les singes, se comportant comme des animaux à l'époque, ont appris à parler, puis sont devenus comme les humains. Ils ont alors inversé la situation : au départ êtres inférieurs, ils sont devenus la race dominante et ont assujetti les humains.

RETOUR SUR TERRE

Quelques jours après la naissance de son fils, Ulysse rend visite à Nova. À trois mois, l'enfant pleure comme un bébé singe, mais tout porte à croire qu'il parlera. La situation est très grave, car le grand Conseil fera tout pour s'en débarrasser afin d'assoir définitivement le pouvoir des singes sur les hommes. Il est alors temps de fuir pour regagner le vaisseau spatial, toujours en orbite autour de la planète des singes. Ulysse, Nova et leur enfant Sirius regagnent la navette et cheminent vers la Terre.

Durant leur voyage de deux années, Nova évolue prodigieusement au point de devenir pratiquement comme une humaine normale, ou en tout cas, moins sauvage et animale qu'auparavant. À leur arrivée sur Terre, 700 ans après le départ des explorateurs, Ulysse, Sirius et Nova atterrissent à Paris. Une silhouette en uniforme approche pour les accueillir : c'est un gorille.

ÉTUDE DES PERSONNAGES

LES HUMAINS

Ulysse Mérou

Journaliste peu connu, Ulysse Mérou tient un rôle d'observateur et de chroniqueur durant toute la première partie du récit. Il décrit le voyage, ses compagnons, leurs découvertes et la société des singes. Il subit bien plus qu'il n'agit. Très effrayé lorsqu'il est capturé par les singes, il se réfugie dans un travail de réflexion intellectuelle en observant ses ravisseurs, dans le but de ne pas se laisser sombrer dans le désespoir. Il est également pudique, car il mentionne à plusieurs reprises être gêné de sa nudité, alors que celle-ci est considérée comme normale pour les humains de la planète.

Charmeur et cultivé, c'est grâce à ses connaissances qu'il parvient à s'en sortir. Cependant, il fait parfois preuve d'orgueil, semblant apprécier sa supériorité intellectuelle évidente sur les humains de Soror. Il connait un véritable retournement de situation lorsqu'il acquiert sa liberté après sa déclaration durant le congrès : il devient collaborateur scientifique et mène des actions décisives lui conférant une influence importante.

Doté d'un bon sens relationnel, il parvient à trouver en Zira et Cornélius de précieux alliés. Vers la fin de l'histoire, quand il devient père et occupe une position importante à l'institut, Ulysse se sent investi d'une mission presque divine. Déjà orgueilleux au départ, il se sent devenir le nouvel espoir de l'humanité. La grossesse de Nova le bouleverse et la naissance de son fils lui provoque de vives émotions.

Antelle et Levain

Savant chef d'expédition, éprouvant peu d'intérêt pour les humains, le professeur Antelle a financé, conçu et supervisé la construction du vaisseau cosmique. Astrophysicien, passionné de biologie, il impressionne Ulysse par l'étendue de ses connaissances. Il se fait malheureusement capturer par les gorilles qui l'envoient dans un zoo. Là, il perd ses capacités intellectuelles et finit par ululer comme le font les hommes habitant sur la planète des singes : il exhibe un comportement d'animal, ce qui fait beaucoup de peine à Ulysse qui l'admirait.

Jeune physicien, Arthur Levain est l'assistant du professeur Antelle. Il est tué par les gorilles durant la partie de chasse au début de l'histoire. Sa mort a empêché celle d'Ulysse : les gorilles se concentrant sur lui, le héros a pu échapper aux coups de feu.

Nova

Nova est une splendide jeune fille née sur la planète Soror. Ulysse la nomme Nova en référence à l'astre lumineux. Comme ses semblables, elle est seulement animée par l'instinct animal. D'abord craintive, elle se rapproche peu à peu d'Ulysse. Un lien de confiance se crée entre les deux humains, et Nova se montre de moins en moins farouche. Quand Ulysse travaille pour l'institut, elle apprend à parler à son contact et se révèle dotée d'intelligence. Sa grossesse la rapproche d'Ulysse, et elle parvient à prononcer son nom. Son instinct maternel se développera avec la naissance de son enfant, Sirius. Lors du voyage en direction de la Terre, elle apprend à parler en même temps que Sirius.

LES GRANDS SINGES

Zira

Zira est un chimpanzé femelle scientifique, en couple avec Cornélius. Elle travaille à l'institut scientifique, où elle occupe un poste important de chef de service.

Elle comprend très vite qu'Ulysse n'est pas un homme comme les autres. Principale alliée de celui-ci, elle l'héberge, le nourrit et cache la naissance de son fils pour le protéger du grand Conseil. Elle est décrite tantôt comme une sœur, tantôt comme une mère. Très gaie, elle rit volontiers et n'hésite pas à taquiner Ulysse lorsqu'elle le met en laisse pour le promener.

Sa relation avec Ulysse évolue au cours du récit. Dans un premier temps, elle l'observe comme un sujet scientifique, elle analyse son comportement et prend des notes. Quand elle parvient à communiquer avec lui, elle l'héberge et l'aide dans sa quête. Ils entretiennent alors une relation plus forte et plus complexe, de l'ordre de l'amitié platonique.

Zaïus

Zaïus est l'orang-outan responsable de l'institut scientifique. Au début, il est décrit comme un personnage important et respecté : « Il m'apparut comme un vieux pontife, vénérable et solennel. » (p. 72) Mais son esprit borné et cloisonné par des stéréotypes arriérés le pousse à voir en Ulysse un humain savant, imitant simplement le comportement des singes évolués. Dès lors que la société des singes reconnait en Ulysse plus qu'un simple imitateur, Zaïus est limogé.

Cornélius

Chimpanzé scientifique spécialisé en biologie, Cornélius est le fiancé de Zira. Il découvre la preuve de l'existence d'une société humaine évoluée sur Soror, bien antérieure à celle des singes actuels. Il demeure convaincu que les singes dépasseront l'homme par leur faculté d'innover, « il est partagé entre son amour de la science et son devoir de singe » (p. 159).

Il aide Ulysse, mais en devient progressivement jaloux. La relation entre Zira et ce dernier l'insupporte, et il exprime son ressenti en se montrant de plus en plus froid et hautain avec lui.

CLÉS DE LECTURE

SCHÉMA NARRATIF

Situation initiale : c'est le début de l'histoire, le moment où on plante le décor et où on présente les personnages ; la situation est équilibrée, c'est-à-dire qu'elle n'a aucune raison d'évoluer.

- Ulysse Mérou, le professeur Antelle et Arthur Levain réalisent une expédition spatiale scientifique en 2500 dans le système solaire de Bételgeuse sur la planète Soror.

Élément perturbateur : c'est un évènement qui vient perturber la situation initiale et qui va déclencher l'histoire proprement dite.

- Les singes organisent une chasse à l'homme durant laquelle Ulysse est capturé, Antelle disparait et Levain est tué.

Péripéties : ce sont les évènements provoqués par l'élément perturbateur et qui entrainent la ou les actions entreprises pour résoudre le problème.

- Ulysse et Nova se retrouvent enfermés dans un laboratoire où ils subissent des expériences comportementales. Le héros tente alors de prouver son humanité aux scientifiques pour se faire libérer. Zira s'intéresse à lui et décide de le prendre chez elle. Elle et son fiancé, Cornélius, lui apprennent leur langue et leurs coutumes pour qu'il puisse prouver son intelligence au congrès scientifique. Après son discours, le Conseil de Soror libère Ulysse qui jouit désormais de tous les droits des singes. Il collabore avec les scientifiques et étudie les humains. Lors d'une fouille archéologique organisée par Cornélius, ils découvrent qu'une société humaine existait auparavant et que les singes n'ont fait qu'imiter les hommes sans jamais innover. Cette théorie est soutenue par les recherches du scientifique Hélius qui est parvenu à réactiver la mémoire d'un homme. Ulysse apprend ensuite que Nova est enceinte. Trois mois après l'accouchement, il s'avère que Sirius, leur enfant, est prédisposé à la parole.

Dénouement : il met un terme aux péripéties et conduit à la situation finale.

- Menacés par la société simienne, Ulysse, Nova

et leur enfant Sirius quittent la planète des singes pour retourner sur Terre.

Situation finale : c'est la fin de l'histoire. La situation est à nouveau stable, comme la situation initiale, mais il y a eu des transformations.

- Ils atterrissent à Paris et découvrent que la Terre n'est plus ce qu'elle était : les singes y ont pris le pouvoir.

LES PROCÉDÉS NARRATIFS

Différents procédés narratifs sont utilisés par Pierre Boulle pour raconter l'histoire de *La Planète des singes* et pour captiver le lecteur.

Le récit enchâssé. Il s'agit d'un récit dans lequel se trouve intercalé au moins un récit supplémentaire.

On retrouve notamment ce procédé de narration dit enchâssé dans diverses productions comme dans le roman *Don Quichotte* (1605-1615) de Cervantès (écrivain espagnol, 1547-1616) dans lequel un historien raconte l'histoire du célèbre chevalier. *Les Mille et Une Nuits* (VIIIe ou IXe siècle) est un autre exemple de ce type de récit, car il contient jusqu'à trois, voire quatre histoires enchâssées.

Ainsi, dans *La Planète des singes*, bien qu'Ulysse Mérou soit le narrateur, son histoire est présentée sous la forme d'un message encapsulé dans une bouteille lancée dans le cosmos. Le premier et le dernier chapitres ne concernent pas le récit d'Ulysse, mais se concentrent sur le couple de touristes naviguant dans l'espace qui découvre le message et le lit. Ces deux chapitres sont clairement distincts du récit d'Ulysse, car rédigés en focalisation externe et à la troisième personne du singulier, au lieu d'être rédigés en focalisation interne et à la première personne du singulier.

La focalisation interne. Celle-ci présente le récit selon le regard d'un seul personnage, dont on connait les pensées et les gestes. Ce personnage peut être un narrateur à la première personne du singulier, comme c'est le cas dans le roman étudié.

C'est à partir de lui, de ses sentiments, pensées et actions que se construit le récit. Ce choix n'est pas anodin, car il permet une plus grande proximité entre le lecteur et le narrateur. De plus, l'utilisation du « je » confère une certaine véracité implicite aux propos, ainsi qu'une possibilité pour le lecteur de se rapprocher plus facilement du héros.

La description. La description, incorporée au récit, est une présentation du contexte, des lieux, de la réalité ou des personnages. Lorsqu'Ulysse décrit la planète des singes, il utilise le procédé de la comparaison. Il rapproche ce qu'il voit sur cette planète de ce qu'il connait sur Terre pour mettre en évidence les points communs et les divergences entre les deux civilisations.

Le dialogue. Le dialogue rapporte les paroles de deux ou plusieurs personnages en interaction. Il est pratiquement absent au début du roman, montrant les difficultés d'Ulysse à communiquer avec son entourage. De ce fait, le narrateur reste plongé dans ses pensées et observations du monde qui l'entoure. À l'inverse, lorsqu'il parvient à communiquer avec les singes, les dialogues se font plus nombreux, témoignant du nouveau lien relationnel qui se crée.

SCIENCES ET SCIENCE-FICTION

Le genre de la science-fiction

La science-fiction est un genre littéraire et cinématographique qui s'est imposé dans les années 1950 dans le monde francophone. Il désigne toute œuvre fictionnelle futuriste ou anticipative relatant des faits impossibles liés aux progrès techniques et scientifiques. En cela, l'œuvre de science-fiction a souvent une visée de critique de la société contemporaine. Les intrigues de science-fiction peuvent se dérouler sur Terre, dans un monde parallèle ou dans l'espace. Le genre comporte actuellement de nombreux sous-genres, qui se sont développés dans le courant du XXe siècle.

Les ouvrages précurseurs du genre précèdent largement le XXe siècle : citons, parmi les plus connus, *Micromégas* (1752) de Voltaire (philosophe, historien et écrivain français, 1694-1778) qui relate l'arrivée de géants provenant de Saturne et Sirius, ou *Frankenstein* (1818) de Mary Shelley (femme de lettres anglaise, 1797-1851) qui raconte la création d'un monstre vivant à partir de chairs mortes.

Deux auteurs sont véritablement considérés comme les pères de la science-fiction : Jules Verne (écrivain français, 1828-1905), qui a notamment décrit un voyage sur la Lune dans *De la Terre à la Lune* en 1865, soit plus de 100 ans avant le 21 juillet 1969 (premiers pas de Neil Armstrong [astronaute américain, 1930-2012] sur la Lune) ; et H.G. Wells (écrivain britannique, 1866-1946) avec *La Machine à explorer le temps* (1895) ou *L'homme invisible* (1897).

La Planète des singes peut être classé sous l'étiquette générique de science-fiction, car l'intrigue se déroule dans l'espace et présente des faits scientifiques futuristes et impossibles. De plus, le roman est souvent cité par les spécialistes du genre comme l'une des grandes œuvres littéraires de science-fiction.

La notion du temps

Le voyage d'Ulysse, d'Antelle et de Levain vers la planète des singes, qui se déroule à la vitesse de la lumière, dure deux années. Celles-ci correspondent à environ trois siècles et demi selon la temporalité sur Terre, comme l'explique Antelle au début de l'histoire. À la fin du récit, lorsqu'Ulysse retourne sur Terre avec Nova et Sirius, il effectue à nouveau un voyage de deux ans, après un séjour d'environ un an sur la planète des singes. Dès lors, 700 ans se sont écoulés sur Terre.

<u>**EINSTEIN ET LA RELATIVITÉ**</u>

Albert Einstein (1879-1955) est un scientifique physicien théoricien d'origine allemande. Lauréat du prix Nobel de physique en 1921, il est notamment connu pour ses théories sur la relativité. En 1905, il publie ses travaux sur la relativité restreinte. Ceux-ci stipulent que plus on se déplace vite, plus on échappe à la force de gravité, comme c'est le cas des explorateurs dans la navette, et donc plus le temps passe lentement. Cela explique pourquoi 700 ans se sont écoulés sur Terre alors qu'Ulysse n'a vieilli que d'environ cinq ans durant l'histoire.

Le darwinisme

Dans *La Planète des singes*, l'évolution forme une boucle : une espèce déjà existante supplante une autre. C'est un peu comme si une espèce régressait pour permettre à une autre, autrefois inférieure, de prendre le relai. Arrivée au sommet, la nouvelle espèce dominante évolue librement sans l'entrave de l'espèce qui était auparavant supérieure (les hommes). Cette nouvelle espèce évoluée finira sans doute elle aussi par régresser et passera le relai à l'espèce inférieure, et ainsi de suite.

Ce faisant, Pierre Boulle reprend la théorie sur l'évolution de Charles Darwin (naturaliste anglais, 1809-1882), puisque le lecteur assiste bel et bien à l'évolution d'une espèce au détriment d'une autre.

La grande originalité du roman réside dans le fait que ce sont les hommes qui sont déchus. Les singes apparaissent donc comme l'espèce la plus apte à survivre. Profitant de la faiblesse des hommes, le singe a en effet su exploiter son environnement afin de devenir l'espèce dominante et renverser l'ordre établi :

> « Ce n'est pas par suite d'un accident, comme vous pourriez l'imaginer, que nous avons pris leur succession. Cet évènement était inscrit dans

les lignes normales de l'évolution. L'homme rai-
sonnable avait fait son temps, un être supérieur
devait lui succéder... » (p. 161)

DARWIN ET LE DARWINISME

Charles Darwin est connu pour sa théorie de l'évolution formulée dans son ouvrage *De l'origine des espèces* (1859). Il y explique que les espèces animales et végétales évoluent en fonction du critère de la sélection naturelle. Cette sélection est liée à l'environnement dans lequel l'espèce évolue : ainsi, des individus ayant un caractère avantageux par rapport à leur environnement et leurs concurrents ont tendance à avoir une descendance plus importante que ceux qui présentent un caractère désavantageux. Cette théorie explique notamment l'extinction de certaines espèces.

Ainsi, sur Soror, les singes, initialement espèce dominée, ont évolué petit à petit et ont renversé les rôles établis pour devenir l'espèce dominante.

Actuellement, certains pays n'abordent pas les théories darwiniennes dans l'enseignement pour des raisons religieuses, car celles-ci s'opposent au créationnisme (c'est-à-dire à l'idée que Dieu a fait apparaitre *ex nihilo* toutes les espèces animales et végétales, et que celles-ci n'ont donc pas d'ancêtres).

CRITIQUE DE LA SOCIÉTÉ

La Planète des singes est un conte philosophique dont l'enjeu principal est la dégénérescence culturelle de l'humanité. Il reprend plusieurs thématiques universelles sous le couvert de la science-fiction. Le roman s'apparente à une satire de l'évolution humaine : l'homme a régressé au rang d'animal sauvage mis en cage, tandis que le singe devient l'espèce dominante, civilisée, à l'intelligence supérieure.

Parallélismes entre la société humaine et la société simienne

À plusieurs reprises, Pierre Boulle emploie des formules familières pour aider le lecteur à mieux comprendre que cette société des singes est en tous points proche de celle de ce dernier, alors que les humains de Soror sont extrêmement éloignés des humains terriens. Il donne ainsi aux singes des qualificatifs qui se rapportent normalement aux hommes : « Les gorilles avaient des airs d'aristocrate. » (p. 39)

En rapprochant le comportement des singes du comportement des terriens, l'auteur critique la société qui lui est contemporaine. Le fait de placer l'humain (auquel s'identifie plus facilement le lecteur) dans une situation d'oppressé permet de mettre en exergue le statut d'oppresseur des singes (et par extension, de celui des humains terriens).

À la tête de la planète des singes se trouve le Conseil où siège un représentant de chaque espèce (gorille, orang-outan et chimpanzé). Celui-ci pourrait être comparé à certains gouvernements existant sur Terre car le pouvoir est réparti équitablement, et les singes ont tous les mêmes droits.

La société humaine et la société simienne partagent les mêmes technologies : « Ils ont l'électricité, des industries, des automobiles, des avions. » (p. 112) L'association entre les deux sociétés est également évidente grâce aux descriptions du décor environnant. Lorsqu'Ulysse peut sortir après trois mois d'enfermement, il est frappé par la ressemblance entre la ville simienne et les villes terriennes : celles-ci sont sales, abritent des singes automobilistes, piétons, ou encore commerçants, et même des singes en uniforme destinés à maintenir l'ordre.

Par ailleurs, l'attitude qu'ont les singes à l'égard des humains est similaire à celle que l'on retrouve dans notre société à leur égard. Les hommes sont uniquement bons à servir les singes dans leurs recherches scientifiques, exactement comme chez nous, le singe peut servir de sujet d'expérimentation. Certains sont des animaux domestiques, mais c'est exceptionnel. Le rapport de domination des espèces est respecté.

Sur la planète des singes, l'homme apparait comme un être inférieur. Zira et Cornélius seront seuls à croire en l'humain. Le combat qu'ils mènent peut être comparé à celui du mouvement des droits civiques contre la ségrégation raciale, lorsque les Blancs considéraient les Noirs comme des animaux. Ulysse est promené en laisse, mis en cage, exposé, traité comme un être inférieur. À l'instar de Rosa Parks (figure emblématique de la lutte contre la ségrégation raciale, 1913-2005) qui a refusé de céder sa place à un Blanc dans un bus, Ulysse s'est levé et a fait entendre sa voix prouvant qu'il pouvait être traité d'égal à égal.

Différences notoires entre les deux sociétés

S'il existe des parallélismes entre ces deux sociétés, des différences sont également à noter.

La planète de singes n'est pas divisée en plusieurs nations comme l'est la Terre. Il n'existe donc pas d'armées dans leur société, seuls des policiers sont présents pour maintenir l'ordre et la loi. Ce faisant, l'auteur montre qu'une armée et des guerres ne sont pas nécessaires si chacun respecte la loi.

Bien que les singes aient tous les mêmes droits, ils préfèrent rester cantonnés entre membres d'une même spécialité :

- les gorilles sont excellents dans l'art de donner des directives, de manœuvrer. Ils manifestent une intelligence pratique et ont des rôles de subalternes tels que chasseur ou gardien ;

- les orangs-outans représentent les maitres du savoir (« Ils sont pompeux solennels, pédants, dépourvus d'originalité et de sens critique, acharnés à maintenir la tradition, aveugles et sourds à toute nouveauté, adorant les clichés et les formules toutes faites », p. 110) ;
- les chimpanzés, enfin, possèdent davantage un esprit critique et n'ont pas peur de remettre en cause le système.

Les technologies de la société de singes n'évoluent pas, elles stagnent. En effet, depuis des milliers d'années, le singe n'innove pas. C'est la fameuse découverte rendue possible par les recherches encéphaliques. Le singe a imité l'homme. Depuis, ils en sont restés au même stade. Tout dans le fonctionnement de la société abonde dans un sens rétrograde. Les orangs-outans, maitres du savoir et de la science, ont peur du progrès, et c'est pour cela que les singes n'ont pas pu être capables d'inventions. Le personnage de Zaïus incarne cette société réactionnaire et bornée.

Critique de la guerre

Au cours de la lecture, l'auteur présente une nette volonté de ne doter ses personnages d'aucun sentiment belliqueux. *La Planète des singes*, écrit durant la guerre du Vietnam, est dès lors peut-être une réponse à la violence de l'époque de Pierre Boulle. En effet, suite à la Seconde Guerre mondiale, de nombreuses guerres ont éclaté à travers le monde, engendrant des millions de morts : outre la guerre du Vietnam, citons la guerre d'Indochine (1946-1954), la guerre de Corée (1950-1953) et la guerre froide entre les États-Unis et l'URSS (1945-1990).

Certes, le monde dépeint dans le roman est violent : le singe prend plaisir à tuer l'homme, Ulysse est parfois traité assez durement par ses geôliers durant sa captivité, etc. Mais jamais les singes ne se font la guerre, ils ont bâti une société pacifique.

Quand Hélius parvient à réactiver la mémoire et donne la parole aux humains de Soror, le caractère guerrier de ces derniers durant leur coup d'État est évoqué. Les singes se sont emparés de fouets, et non d'armes à feu. Ce choix justifie la colère des singes d'avoir été traités injustement comme des esclaves. Jamais pourtant ils n'ont été des ennemis de l'homme. Instrument du dompteur, le fouet n'est pas une arme en soi et peut davantage être considéré comme un objet de l'autorité. Cet évènement renvoie au combat pour l'abolition de l'esclavage, qui fait rage dans les années 1950-1960 : si l'esclavage n'existe plus en Occident au XXe siècle, il est néanmoins toujours présent dans les colonies, qui souhaitent s'émanciper au lendemain de la Seconde Guerre mondiale.

De nature pacifiste, l'auteur imagine un monde où les singes fondent une société nouvelle, une société décrite comme débarrassée des conflits guerriers.

Tout au long du roman, Pierre Boulle passe donc par la représentation des singes pour dénoncer les travers des hommes. Ce procédé est celui de l'anthropomorphisme : il prête à des animaux des caractères et comportements humains. Ce faisant, l'auteur ne condamne pas directement les hommes, mais construit une métaphore qui perdure sur la totalité de son texte, autorisant ainsi une double lecture : une lecture simple au premier niveau, ainsi qu'une lecture critique de la société au deuxième niveau, comme c'est souvent le cas dans les œuvres de science-fiction.

PISTES DE RÉFLEXION

QUELQUES QUESTIONS POUR APPROFONDIR SA RÉFLEXION...

- Le roman est écrit avec un procédé de narration dit enchâssé. Expliquez-le à l'aide d'exemples tirés du livre.
- Durant sa captivité, le professeur Antelle, présenté comme un génie scientifique de renom, perd la mémoire et la faculté de s'exprimer. Il est dénué de conscience et retourne à l'état animal. Comment pouvez-vous l'expliquer ?
- Si les singes ont pu évoluer durant des milliers d'années, pourquoi n'ont-ils rien inventé de novateur, pourquoi gardent-ils la même technologie ? Retrouvez les indices dans le récit qui traitent de cette question, commentez-les et imaginez-en d'autres.
- Ulysse et Nova appartiennent tous deux au genre humain, mais sont nés sur des planètes différentes. Comment considèreriez-vous leur enfant ? Développez cette question autour du thème de l'identité.

- En quoi ce roman est-il une satire de l'évolution humaine ? Expliquez à l'aide d'exemples tirés du livre.
- Par quelle autre espèce animale pouvez-vous imaginer remplacer les singes dans le roman ? Trouvez-vous le choix de ces derniers pertinent ?
- Les singes possèdent leur propre langage. Citez d'autres titres d'œuvres de science-fiction dans lesquelles c'est également le cas.
- Comment pouvez-vous expliquer le succès du roman, publié la première fois en 1963 ?
- Comparez la fin du livre avec celle de l'adaptation cinématographique (1968) de Franklin J. Schaffner (producteur et réalisateur américain, 1920-1989).
- « Ce qui nous arrive était prévisible. Une paresse cérébrale s'est emparée de nous. Plus de livre [...]. Plus de jeux [...]. Même le cinéma enfantin ne nous tente plus. Pendant ce temps, les singes méditent en silence. Leur cerveau se développe dans la réflexion solitaire... et ils parlent. » (p. 173) Commentez cette citation. Pensez-vous que la paresse intellectuelle soit un problème d'actualité ? Expliquez.

Votre avis nous intéresse !
Laissez un commentaire sur le site de votre
librairie en ligne
et partagez vos coups de cœur sur les réseaux
sociaux !

POUR ALLER PLUS LOIN

ÉDITION DE RÉFÉRENCE

- BOULLE P., *La Planète des singes*, Paris, Pocket, 2014.

ADAPTATIONS

- *La Planète des singes*, film de Franklin J. Schaffner, avec Charlton Heston, Roddy McDowall, Kim Hunter et Maurice Evans, États-Unis, 1968.
- *Le Secret de la planète des singes*, film de Ted Post, avec Charlton Heston, Kim Hunter et Maurice Evans, États-Unis, 1970.
- *Les Évadés de la planète des singes*, film de Don Taylor, avec Roddy McDowall, Kim Hunter et Bradford Dillman, États-Unis, 1971.
- *La Conquête de la planète des singes*, film de Jack Lee Thompson, avec Roddy McDowall, Don Murray et Natalie Trundy, États-Unis, 1972.
- *La Bataille de la planète des singes*, film de Jack Lee Thompson, avec Roddy McDowall, Claude Akins et Natalie Trundy, États-Unis, 1973.

- *La Planète des singes*, feuilleton télévisé de la chaine américaine CBS, avec Roddy McDowall, James Naughton et Ron Harper, États-Unis, 1974.
- *Return to the Planet of the Apes*, feuilleton télévisé de la chaine américaine NBC, avec Austin Stoker, Philippa Harris et Henry Corden, États-Unis, 1975.
- *La Planète des singes*, bande dessinée de Moench et Doug, Lyon, Les éditions Lug, 1977.
- *La Planète des singes*, film de Tim Burton, avec Mark Wahlberg et Estella Warren, États-Unis, 2001.
- *La Planète des singes : Les Origines*, film de Rupert Wyatt, avec James Franco, Freida Pinto, John Lithgow et Andy Serkis, États-Unis, 2011.
- *La Planète des singes*, bande dessinée de Daryl Gregory, Carlos Magno, Juan Manuel Tumburus et Nolan Woodard, Paris, Emmanuel Proust, 2012-2013.
- *La Planète des singes : L'Affrontement*, film de Matt Reeves, avec Judy Greer, Gary Oldman et Keri Russel, États-Unis, 2014.
- *La Planète des singes : La Suprématie*, film de Matt Reeves, avec Andy Serkis, Steve Zahn et Woody Harrelson, États-Unis, 2017.

Retrouvez notre offre complète sur lePetitLittéraire.fr

- des fiches de lectures
- des commentaires littéraires
- des questionnaires de lecture
- des résumés

ANOUILH
- Antigone

AUSTEN
- Orgueil et Préjugés

BALZAC
- Eugénie Grandet
- Le Père Goriot
- Illusions perdues

BARJAVEL
- La Nuit des temps

BEAUMARCHAIS
- Le Mariage de Figaro

BECKETT
- En attendant Godot

BRETON
- Nadja

CAMUS
- La Peste
- Les Justes
- L'Étranger

CARRÈRE
- Limonov

CÉLINE
- Voyage au bout de la nuit

CERVANTÈS
- Don Quichotte de la Manche

CHATEAUBRIAND
- Mémoires d'outre-tombe

CHODERLOS DE LACLOS
- Les Liaisons dangereuses

CHRÉTIEN DE TROYES
- Yvain ou le Chevalier au lion

CHRISTIE
- Dix Petits Nègres

CLAUDEL
- La Petite Fille de Monsieur Linh
- Le Rapport de Brodeck

COELHO
- L'Alchimiste

CONAN DOYLE
- Le Chien des Baskerville

DAI SIJIE
- Balzac et la Petite Tailleuse chinoise

DE GAULLE
- Mémoires de guerre III. Le Salut. 1944-1946

DE VIGAN
- No et moi

DICKER
- La Vérité sur l'affaire Harry Quebert

DIDEROT
- Supplément au Voyage de Bougainville

Dumas
• Les Trois
  Mousquetaires

Énard
• Parlez-leur
  de batailles,
  de rois et
  d'éléphants

Ferrari
• Le Sermon sur la
  chute de Rome

Flaubert
• Madame Bovary

Frank
• Journal
  d'Anne Frank

Fred Vargas
• Pars vite et
  reviens tard

Gary
• La Vie devant soi

Gaudé
• La Mort du
  roi Tsongor
• Le Soleil des
  Scorta

Gautier
• La Morte
  amoureuse
• Le Capitaine
  Fracasse

Gavalda
• 35 kilos d'espoir

Gide
• Les
  Faux-Monnayeurs

Giono
• Le Grand
  Troupeau
• Le Hussard
  sur le toit

Giraudoux
• La guerre de
  Troie
  n'aura pas lieu

Golding
• Sa Majesté des
  Mouches

Grimbert
• Un secret

Hemingway
• Le Vieil Homme
  et la Mer

Hessel
• Indignez-vous !

Homère
• L'Odyssée

Hugo
• Le Dernier Jour
  d'un condamné
• Les Misérables
• Notre-Dame
  de Paris

Huxley
• Le Meilleur
  des mondes

Ionesco
• Rhinocéros
• La Cantatrice
  chauve

Jary
• Ubu roi

Jenni
• L'Art français
  de la guerre

Joffo
• Un sac de billes

Kafka
• La Métamorphose

Kerouac
• Sur la route

Kessel
• Le Lion

Larsson
• Millenium 1. Les
  hommes qui
  n'aimaient pas
  les femmes

Le Clézio
• Mondo

Levi
• Si c'est un
  homme

Levy
• Et si c'était vrai…

Maalouf
• Léon l'Africain

MALRAUX
- La Condition humaine

MARIVAUX
- La Double Inconstance
- Le Jeu de l'amour et du hasard

MARTINEZ
- Du domaine des murmures

MAUPASSANT
- Boule de suif
- Le Horla
- Une vie

MAURIAC
- Le Nœud de vipères

MAURIAC
- Le Sagouin

MÉRIMÉE
- Tamango
- Colomba

MERLE
- La mort est mon métier

MOLIÈRE
- Le Misanthrope
- L'Avare
- Le Bourgeois gentilhomme

MONTAIGNE
- Essais

MORPURGO
- Le Roi Arthur

MUSSET
- Lorenzaccio

MUSSO
- Que serais-je sans toi ?

NOTHOMB
- Stupeur et Tremblements

ORWELL
- La Ferme des animaux
- 1984

PAGNOL
- La Gloire de mon père

PANCOL
- Les Yeux jaunes des crocodiles

PASCAL
- Pensées

PENNAC
- Au bonheur des ogres

POE
- La Chute de la maison Usher

PROUST
- Du côté de chez Swann

QUENEAU
- Zazie dans le métro

QUIGNARD
- Tous les matins du monde

RABELAIS
- Gargantua

RACINE
- Andromaque
- Britannicus
- Phèdre

ROUSSEAU
- Confessions

ROSTAND
- Cyrano de Bergerac

ROWLING
- Harry Potter à l'école des sorciers

SAINT-EXUPÉRY
- Le Petit Prince
- Vol de nuit

SARTRE
- Huis clos
- La Nausée
- Les Mouches

SCHLINK
- Le Liseur

SCHMITT
- La Part de l'autre
- Oscar et la Dame rose

SEPULVEDA
- Le Vieux qui lisait des romans d'amour

SHAKESPEARE
- Roméo et Juliette

SIMENON
- Le Chien jaune

STEEMAN
- L'Assassin habite au 21

STEINBECK
- Des souris et des hommes

STENDHAL
- Le Rouge et le Noir

STEVENSON
- L'Île au trésor

SÜSKIND
- Le Parfum

TOLSTOÏ
- Anna Karénine

TOURNIER
- Vendredi ou la Vie sauvage

TOUSSAINT
- Fuir

UHLMAN
- L'Ami retrouvé

VERNE
- Le Tour du monde en 80 jours
- Vingt mille lieues sous les mers
- Voyage au centre de la terre

VIAN
- L'Écume des jours

VOLTAIRE
- Candide

WELLS
- La Guerre des mondes

YOURCENAR
- Mémoires d'Hadrien

ZOLA
- Au bonheur des dames
- L'Assommoir
- Germinal

ZWEIG
- Le Joueur d'échecs

ISBN version numérique : 978-2-8080-0608-8
ISBN version papier : 978-2-8080-0609-5
Dépôt légal : D/2017/12603/844

Avec la collaboration de Kelly Carrein pour les chapitres « Les procédés narratifs » et « Sciences et science-fiction ».

Conception numérique : Primento, le partenaire numérique des éditeurs.

Ce titre a été réalisé avec le soutien de la Fédération Wallonie-Bruxelles, Service général des Lettres et du Livre.